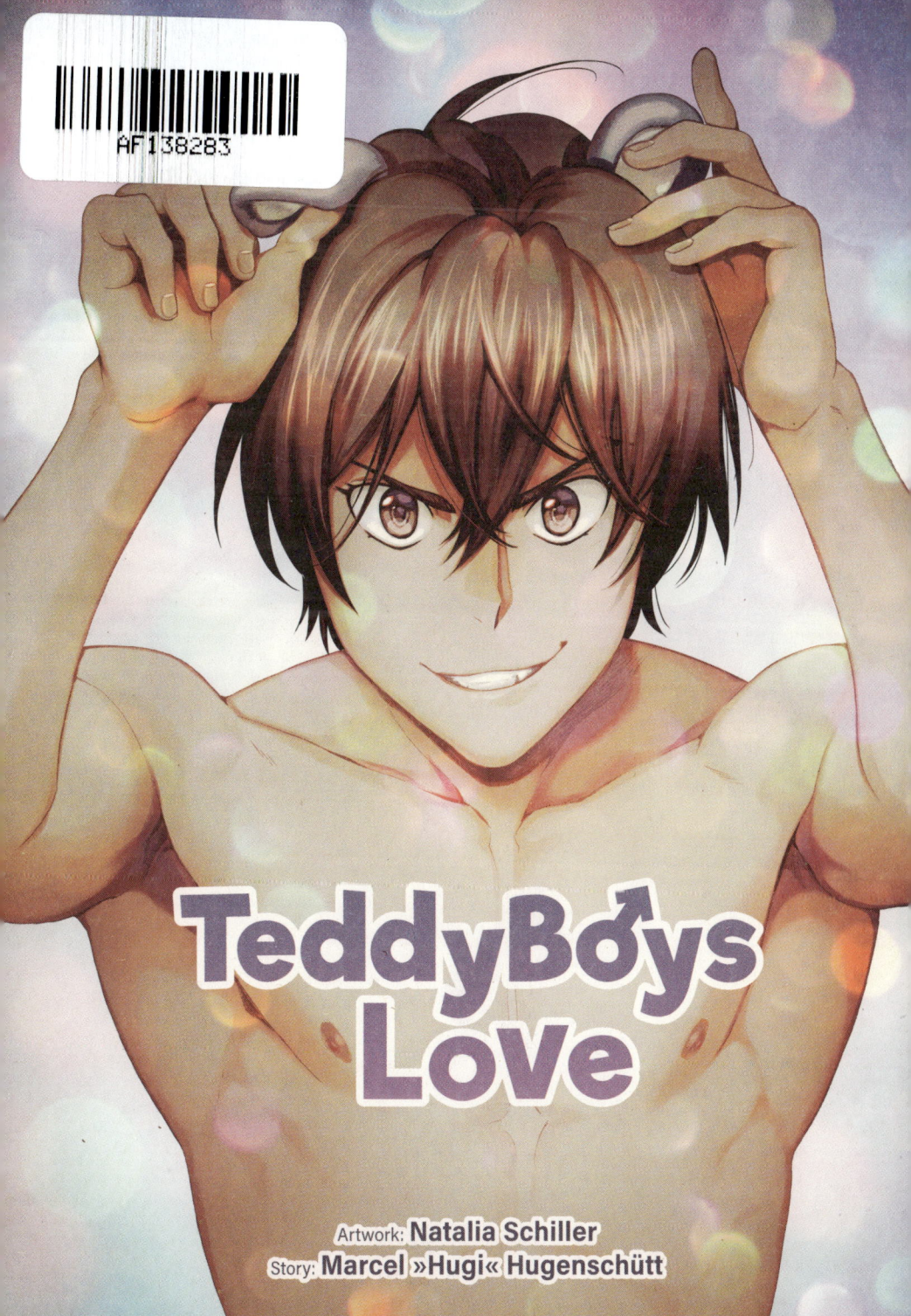

TeddyBoys Love

Artwork: **Natalia Schiller**
Story: **Marcel »Hugi« Hugenschütt**

TeddyBoys Love 1

Inhaltsverzeichnis

Kapitel 1:
Unglücklich verliebt

9

...
...
Hä?
Hey Tim! Was träumst du hier rum? Der Unterricht ist vorbei!
Oh Mann ...
HA HA HA ...
Was?
Hallo! Bin wieder zu Hause!
... daheim muss ich dringend entsaf- ten.

* Mother I'd like to fuck, but not from the protagonist's point of view, because of two reasons: first, he is gay, and second, she is his mom.

14

Ähm,
okay.

Er ist
wohl doch
noch nicht
so weit,
wie ich
dachte.

Hm,
er spielt
noch mit
Stoff-
tieren.

klack

Dafür muss er wiederum 69 Menschen glücklich machen. Nun, was Teddys Wunsch ist und warum er sprechen [kann,]

Also genau genommen bin ich ein Engel, der Teddy hilft, sich einen Wunsch zu erfüllen. Im Gegenzug muss Teddy mir helfen, genug positive Energie zu sammeln ...

Das reicht jetzt! »Alles erklärende Backstorys« sind unsexy!

... ihn zu entmysteriösifizieren!

Entmystifizieren.

Entjungfern.

Was?

HOPP

Du stehst doch bestimmt eher auf die mysteriösen Typen, oder? Besonders auf **einen** mysteriösen Typ!

Und ihr wollt mir jetzt helfen ...

* Anmerkung des Autors: Unbedingt zu Hause nachmachen, Kinder!

Hm
...

...
Wasch-
bärboy!

Ich bin
ein wasch-
echter
...

Unterm-
Rock-rum-
kram!

Jaa!
Das
funktio-
niert
auch!

Auf ins
Lehrer-
zimmer.

Lehrer-
zimmer

Hey Mister!

So jung und heiß, wie ich aussehe, bin ich wohl eher sein jüngerer Bruder.

Ha ha!

Sein Vater?

Wer sind Sie?

Wir müssen dringend über Tim sprechen!

Und ich bin auch sein jüngerer Bruder.

DÄNGEL

LAUTER

STÖHN

Lehrer-zimmer

Nee, heute das erste Mal.

Rauchst du eigentlich immer nach dem Sex?

Fwoooh

Er steht nun mal auf starke Typen. Und du bist nur ein halbes Hemd.

... und dort dann von richtig harten Motherfuckern vergewaltigt werden.

... und du fickst mit ihm rum ...

Wie soll mir das denn helfen?

Ich ... Ich wollte bei ihm landen ...

Nh

Nh

Hah

Außerdem würd' er wegen Hebephilie im Knast landen ...

Gar nicht. Aber das ist auch nicht der Punkt.

Tja, vielleicht solltet ihr doch mal vögeln.

Kapitel 2: Das Outing

Nur noch 20 Kilometer.

...

Oh ... Okay ... Wie weit muss ich noch laufen?

Und da kommen wir ins Spiel.

Inzwischen hat er mir erzählt, dass er nicht weiß, wie er seinen Eltern verklickern soll, dass er schwul ist.

Ich versteck mich mal. Er erschrickt sich sonst, wenn er mich sieht.

Wenn er mich sieht, erschrickt er sich noch viel mehr!

Gut! Hier hamm wir uns verabredet!

Ähm ...

Äh,
ja
...

Ich hoffe,
dass Sie das
verstanden
haben.

Aber
wollten Sie
uns nicht ei-
gentlich etwas
über unseren
Sohn er-
zählen?

Ach
ja
...

Sie sind
sehr flau-
schig
...

... ich
denke
schon
...

Schubber
Schubber

Es ist
wirklich
etwas Per-
sönliches
und ...

Aber ich
zweifle, ob ich
es tatsächlich
tun sollte.

Mama, Papa ...

...

Liebe Eltern, Ihr Sohn möchte Ihnen etwas sagen.

... Ich bin schwul.

... dass mich jemand verrät ...

Und ich brauchte erst die Angst ...

... und die Androhung von Waffengewalt, um den Mut zu fassen, es euch zu sagen.

42

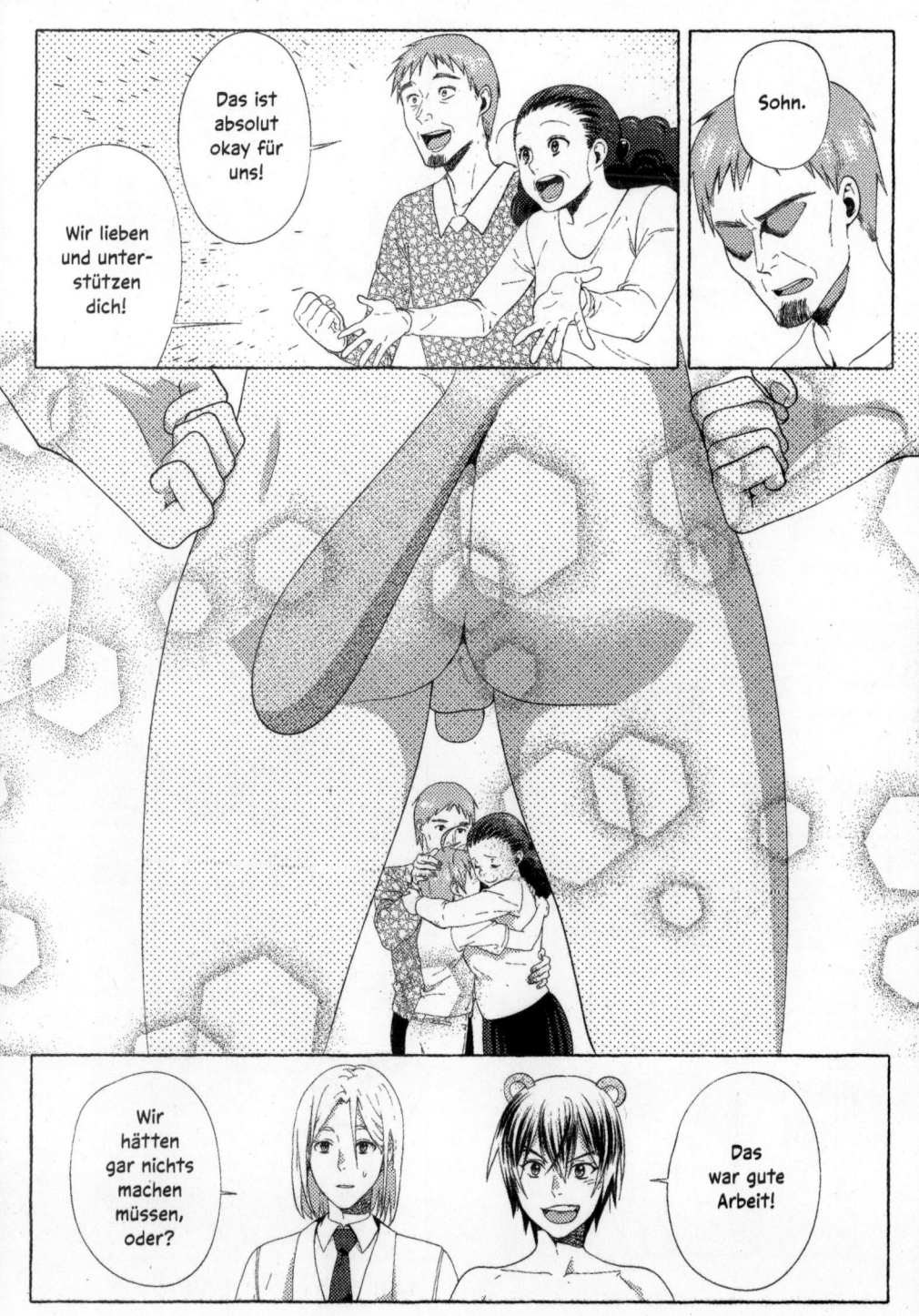

Ach, immer all das Rumgeficke... Ich wünschte, es gäbe jemanden, den ich lieben könnte, der so ist wie ich.

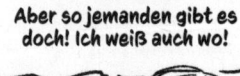

Aber so jemanden gibt es doch! Ich weiß auch wo!

Wirklich?

GROAR!!

ZOO

Echt jetzt? Das ist so, als würd'st du nen Affen ficken.

...

BONUS YONKOMAS

mit Teddy und Hugi*

*Autor von dem ganzen Bumms

Ich wünsche mir doch nur jemanden, der mich liebt, wie ich bin.

Aber Teddy, so jemanden gibt es ganz in deiner Nähe.

Du meinst ...?

FURRY CONVENTION

Hier.

Oh!

Okay, Leute, I'm ready!
Jetzt wird gebumst!

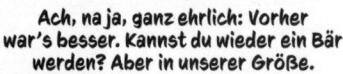

Ach, na ja, ganz ehrlich: Vorher war's besser. Kannst du wieder ein Bär werden? Aber in unserer Größe.

N... Nein ...

Ich hab mich total ver-skillt!

Okay, Leute, ich hab hart trainiert! Jetzt kann ich mich in einen von euch verwandeln!

Du hättest dir auch einfach ein Kostüm kaufen können.

Verwandlung!

Wow, es funktioniert!

HILFE ROAR!! AAH!! AH.

Kapitel 3:
Harem-Dilemma

Ja, ich verstehe schon. Sie haben volle Kanne psychologische Probleme.

Super-Psychologin Dr. Meyer

Ich als Ärztin denke, das Beste wäre, wenn Sie mal ganz doll den Teddy hier drücken würden.

Finden Sie?

Der sieht total verschlissen und fleckig aus. Als ob der in irgendwas Ekligem gelegen hätte.

Ich weiß ja nich'.

Ich bin zurück!

Ich bin's, Teddy!

Hallo Kinder!

Hi hi!

Das war geil. Hier, deine 50 Euro.

... ich krieg noch 50 Euro für diese Stunde.

Ein weiteres Trauma auf Ihrer Liste. Da fällt mir ein ...

Sie haben sich 50 Euro dafür geben lassen, dass er mich befummeln kann?

Dies ist die Geschichte von Teddy.

Einem verwunschenen Stofftier, das mit der Unterstützung eines Engels 69 Menschen helfen muss, um seinen sehnlichsten Wunsch erfüllt zu bekommen:

Die wahre
Liebe zu
finden.

Das war doch kein Erfolg! Du hast der Frau überhaupt nicht geholfen!

Was ziehst'n du so 'ne Fresse? Das war ein voller Erfolg!

GRUMMEL

Hä? Wieso nich'? Die hat durch mich grad 100 Euro verdient.

Das ist mehr, als die meisten Prostituierten kriegen.

Siehst du, die Zahl auf meiner Brust hat sich nicht verändert.

Flapp

60

Zupp

Nicht der Psychologin. Der anderen Frau solltest du helfen.

Warum meinen nicht?

Sonst liebt er doch heiße Bodys ...

Jaja. Glaub ich dir auch so. Brauchste mir nich' zeigen.

Vielleicht sollte ich lieber Jungs helfen.

Ja, okay, das ...

Vielleicht sind Frauen einfach nicht mein Ding ...

Aber nicht zu minderjährig. Zuuu jung dürfen sie nicht sein.

Ja, gut, das ...

Minder- jährigen Jungs, die ihre Jung- fräulichkeit verlieren wollen.

Nein, also, das ...

Spielplatz
Sonnenschein

Keine Ahnung, wieso ...

Ich weiß, was du meinst, aber Kinder lieben mich einfach.

... aber du bist der Letzte, der sich in der Nähe von Kindern aufhalten sollte.

Hör mal ... Ich will dir ja nichts unterstellen ...

Äh ...

Hey, was machen Sie da? Wollen Sie meinem Kind ein Stofftier schenken und ...

Aha ...
Cool,
cool.

Schwirl

Ähm,
ja
...

... auch
am Schau-
keln?

Na,
Kiddo
...

Na
und?

Ich
bin doch
erst 16.
Ich ...

W...
Was ist
das denn
für 'ne
Frage?

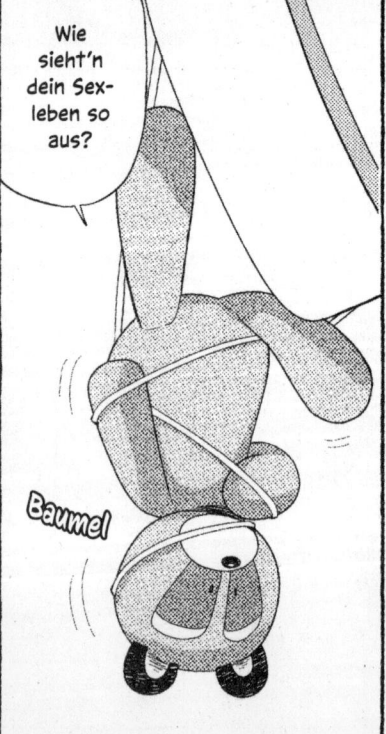

Wie
sieht'n
dein Sex-
leben so
aus?

Baumel

Die wohnen auch bei mir. Meine Eltern sind irgendwie weg, keine Ahnung, wohin. Aber ich habe sehr viel Geld ...

Du wohnst also in einem riesigen Haus ...

... mit lauter geilen Weibern, die alle bei dir beige-hen wollen?

Das klingt ja schreck-lich.

Tut es?

Ja, das ist eine klassische **Harem-Manga-Situation!**

Außer echte Folter, die is' auch schlimm!

Für einen Jungen in der Pubertät ist das die allerschlimmste Folter!

Siehst du!!

Was ist wichsen?

Doch ich weiß, was zu tun ist!

Ziiiiiing

Er ist noch minderjährig!

Nein, Teddy. Das geht nicht!

Entspann dich. Ich mach das schon.

Um die Story moralisch noch so halbwegs ausm Dreck zu ziehen.

Im ersten Kapitel hast du noch ein großes Gewese drum gemacht, dass Erwachsene Jugendliche nicht ausnutzen dürfen ... oder so ähnlich.

Das darfst du jetzt nicht versauen!

Das war knapp!

Du hast recht!

GEFRIEND ZONED

Das sind also die Damen deines Herzens. Für eine musst du dich entscheiden!

Aber mehr als eine kannst du nicht haben! 'n richtiger Harem ist nur was für Sektengurus ... und Millionäre!

Natürlich findest du sie alle geil. Das steht außer Frage!

Für eine entscheiden ... Ich mag sie doch alle gerne ...

Also
...

Aber
...

Ta
da
dapp

Trappel

Leute
...

Hey
...

Komm,
gucken wir
sie uns mal
aus der
Nähe an!

O...
Okay
...

ZUFF

Teddy-
bär!

Du kannst doch auch reden.

Wack

Wieso kann der reden?

Schwt

Und was soll das?

...

Schwt

Ist da irgend so ein Klein-wüchsiger drin, oder was?

Tut mir leid?

Was ist das denn? Du bist total flach! Da muss ich gar nicht messen!

Und manchmal Sperma.

In mir ist nur Liebe!

Kurz bevor
wir uns trafen,
gab es im Himmel
eine Revolte!

Sie war die
Anführerin. Ihr
wahrer Name
ist Zaaphiel.

Sie hatte
keinen Bock,
creepy Typen
wie dir dabei
zu helfen, ihre
Träume zu
erfüllen.

Sie wollte auf die Erde und dort die Menschheit versklaven!

Im Prinzip hatte sie schon gewonnen.

Doch dann ...

Sssratsch

... flog zufällig ein Flugzeug vorbei.

... und kehrten zu unserer normalen Arbeit zurück.

Wir dachten, sie sei tot ...

Aber sie hat überlebt! Anscheinend hat sie ihr Gedächtnis verloren! Doch sie ist trotzdem brandgefährlich!

Ach ... reg dich wieder ab. Ich mein, die Menschen haben Panzer und so ...
Und ihr Engel, was habt ihr? Könnt ihr irgendwas?
Habt ihr irgendwelche Spezialfähig-keiten?
Na ja ... Meine sind zwar nicht so stark wie ihre, aber ...
Brrrzzz

Gut. Ein Problem weniger.

...wie auch immer.

Patrick...

Ist mir echt egal.

Also ich ... war echt nur an dem Wesen interessiert, welches sich als Engel herausgestellt hat. Peter ...

Wir waren kurz davor, euch alle festzunehmen. Aber jetzt haben wir wohl größere Probleme ...

Und ich bin eine Doppelagentin der Regierung! Oder der »Bösen Organisation«.

So! Wen von euch kann ich für den jungen Mann hier begeistern?

... des Bundesamts für Familie und zivilgesellschaftliche Aufgaben.

Falls auch ihr jemanden kennt, der unter häuslicher Gewalt leidet, oder ihr es sogar selbst seid, meldet euch unter der 116016. Das ist die Nummer des Hilfetelefons ...

W... Wen rufst du denn jetzt an?

Was?

...

Pssst, ich telefoniere.

Aber du hast ihn überhaupt erst in diese Situation gebracht!

Damit helfe ich ihm doch wohl.

Was ist denn jetzt schon wieder?

Oder für den Engel, der demnächst die Menschheit ausrotten wird?

Für den Jungen?

Die Zahl ist um eins gesunken. Ich frag mich nur, für wen das zählt.

Na ja, deine »Hilfe« heute hat wohl gezählt.

Und wenn bald so 'n Todesengel auf die Welt kommt, brauchen nur noch mehr Menschen meine Hilfe.

Helfen is' immer gut!

Kapitel 4:
Milliardäre haben auch Gefühle

Du, Teddy ... Ich muss mal mit dir sprechen wegen gestern Nacht ...

War geil, ne?

Ähm, nein.

Banane?

Lass mal später drüber reden!

Watsch

Wir müssen mal wieder Leuten helfen!

Ja, aber ...

Was hältst du eigentlich von monogamen Beziehungen?

Schon ... Aber ...

Öhö öhö

Pfrrrt

102

Hoffentlich bei irgendwas Perversem. Reiche Leute sind alle ekelhafte Sexschweine.

Klack

Tipp Tipp

Palim Palim

Aber es hat funktioniert. Und die Leute, denen wir helfen, sind offenbar sogar richtig fancy!

Ja ... Was für Hilfe brauchen solche Leute wohl?

Ich habe 20 Jahre beim KGB gearbeitet und bin nun seit einiger Zeit für Mr Primo tätig.

Mein Name ist Roland.

Jo!

Ihr seid also der 15-Uhr-Termin?

Teddy?

Mhm, ja ...

... und brauche Hilfe von Leuten, die Spionageerfahrung haben.

Ich bin da einer Sache auf der Spur ...

Das ist be-stimmt ein Rollenspiel oder so.

Spiel einfach mit.

Meinst du?

Steht BND für irgendwas mit Bon-dage?

Tapp
Tapp

Für wen wart ihr schon tätig? CIA? MI6? BND?

Ungewöhn-lich, aber eindeutig ein Geheim-code.

Mir ist euer Flyer aufge-fallen.

Hm ...

PROBLEM? WIR HEÄLFEN BEI ALLES!

Mist! Wir sind zu früh gekommen. Meine einzige Schwäche!

...

Die Sexarbeiter*innen waren doch für später geplant.

Roland ... Warum ist dieser Mann nackt?

Hmm ... Sehr geheim sehen die aber nicht aus. Besonders der Nackte! Der fällt doch voll auf.

Sir, dies sind die Geheimagenten, die ich angeheuert habe.

Schwupp

Tja, Kumpel. Was du nicht weißt, ist ...

... und traf auf einen kleinen Bären!

Hey!

Ho! Ich bin ein Engel!

Das ist so peinlich!

Einst stieg ein Engel vom Himmel herab ...

Pling Pling

Wenn du 69 Menschen auf ihrem Weg ins Glück hilfst, erfülle ich dir einen Wunsch!

Und der Engel sprach:

Ihr habt richtig gehört, Kinder!

Der gut aussehende junge Mann ist eigentlich ...

Wusch

Poff

... ein Bär!

Habe ich doch gesagt!

Der Übergang macht doch gar keinen Sinn!

Ah! Er hat sich verwandelt?!

Hä? Nee ... Moment! Ich war doch grad schon der Bär ...

Was ist hier los?!

Moment! Heißt das, ich muss dich nicht bezahlen?

Er hat sich in einen Teddybären verwandelt?

DREH-BUCH

... deines Wunscherfüllbekomm-Dings?

Du hilfst mir wegen ...

Beein-
druckend!
Mit richtigen
Agenten kommt
sicher bald raus,
wer hinter mir
her ist!

Das ist
doch wohl
ein krasser
Skill für 'nen
Geheimagen-
ten, oder
nicht?

...

Was
machen
wir hier
eigent-
lich?

Ähm,
Teddy?

Spiel
mit!

Nee! Es geht nich um den Milliardär, sondern um den Bodyguard.

Ich glaube nicht, dass das so funktioniert.

Wobei soll ich mitspielen? Hast du etwa vor, dem Milliardär Geld abzuluchsen **und** gleichzeitig deinem Wunsch einen Schritt näher zu kommen?

Roland, du überraschst mich immer wieder.

Ich bin allzeit für Sie da, Mr Primo.

Der Bodyguard is' in seinen Chef verknallt. Aber er traut sich nich', ihn klarzumachen.

Sieh dir die beiden mal genau an.

Ach so!

...

... das muss hart sein.

Der arme Roland ... Den Mann, den er liebt, mit jemand anderem zu sehen ...

Ähm ... Alles gut bei Ihnen?

Im wahrsten Sinne des Wortes.

HART!

Hey!

Ja, alles gut. In diesem Job bin ich das seit Langem gewohnt.

Wie ...?

Ach ...

Hm ...

Hnnnh

Zumindest scheinst du dir über deine Gefühle im Klaren zu sein. Das ist immerhin was.

Aber an den Anblick gewöhnen werde ich mich wohl nie.

Gewohnt bin ich auch einiges.

Du weißt doch, wie es geht!

Hier kannst du deine süße Schnute für was Besseres benutzen!

Genug geschnattert, Levaniel!

Mein Plan ist perfekt aufgegangen!
Von wegen Plan!
MMH
HEHE♡
AAAH...
So gut. Mr Primo ...

Ich habe schmerzhaft große, mit 24 Karat Gold beschichtete Dildos.

Oder welche aus echten Stalagmiten!

Tadaa

Also, wer lässt sich für Fabergé-Ei-Buttplugs begeistern?

Oder ein Gemälde von Rembrandt zusammengerollt ins Arschloch?!

Schwupp

Fwupp

Schwupp

Liebesperlen verziert mit echten Südseeperlen habe ich auch.

Zupp

Natürlich habe ich auch Modelle aus massivem Platin, verziert mit Diamanten und Saphiren, zum Einführen.

Das Sex-Schlaraffenland für Superreiche!

Woah, krass! Voll der perverse Scheiß!

... ob du wirklich mitmachen wolltest.

Da bin ich beruhigt. Bei deinem Gesichtsausdruck war ich mir anfangs nicht so recht sicher ...

Wir sitzen da wohl im selben Boot, was?

Du hast aber auch nicht gerade unbeschwert ausgeschaut.

Geht's endlich los?

Ja, irgendwie.

Muss nur noch das Kondom aufziehen.

Ha ha ha

Habe ich etwas Falsches gesagt?

Sie haben mich noch gar nicht bezahlt.
Ey! Ich hab dich nicht fürs Heulen bezahlt.
Tatsächlich bin ich auch kein Geheimagent, sondern nur jemand, der Angst hat, erschossen zu werden.
Ich bin kein Bodyguard, sondern Geheimagent.
Müsstest du als mein Bodyguard nicht eigentlich vor mir stehen?
Haaah
Wie lästig! Kann der sich nicht beeilen?
Hände hoch!
Und her mit dem Gegengift, sonst ...!

Lange kannst du eh nicht mehr.

Hä? Ich kann immer lange.

... könnten wir unsere Nummer ja zu Ende bringen.

Da Bob anscheinend noch etwas braucht ...

...

Ach so, wegen der Vergiftung ...

AH

UH

MH

Aber jetzt bin ich dran mit Reinstecken.

Von mir aus.

Pamm

Na, was glaubst du, was für 'n Kondom das ist, Zuckermaus?

D... Das vergiftete ...

So, fertig!

Wie vorbildlich, dass du trotz deines bevorstehenden Todes noch ein Kondom verwendet hast ...

Baumel

Das falsche geben oder so is' nich'. Schließlich brauchen wir dasselbe Zeug.

Volltreffer! Also her mit dem Gegengift! Und keine Tricks.

Das einzige Gegenmittel ist das Sperma, das im Hodensack eines anderen Infizierten produziert wird.

Das Toxin wurde in unserem Labor entwickelt.

Du Trottel! Es gibt nicht einfach so ein Gegengift!

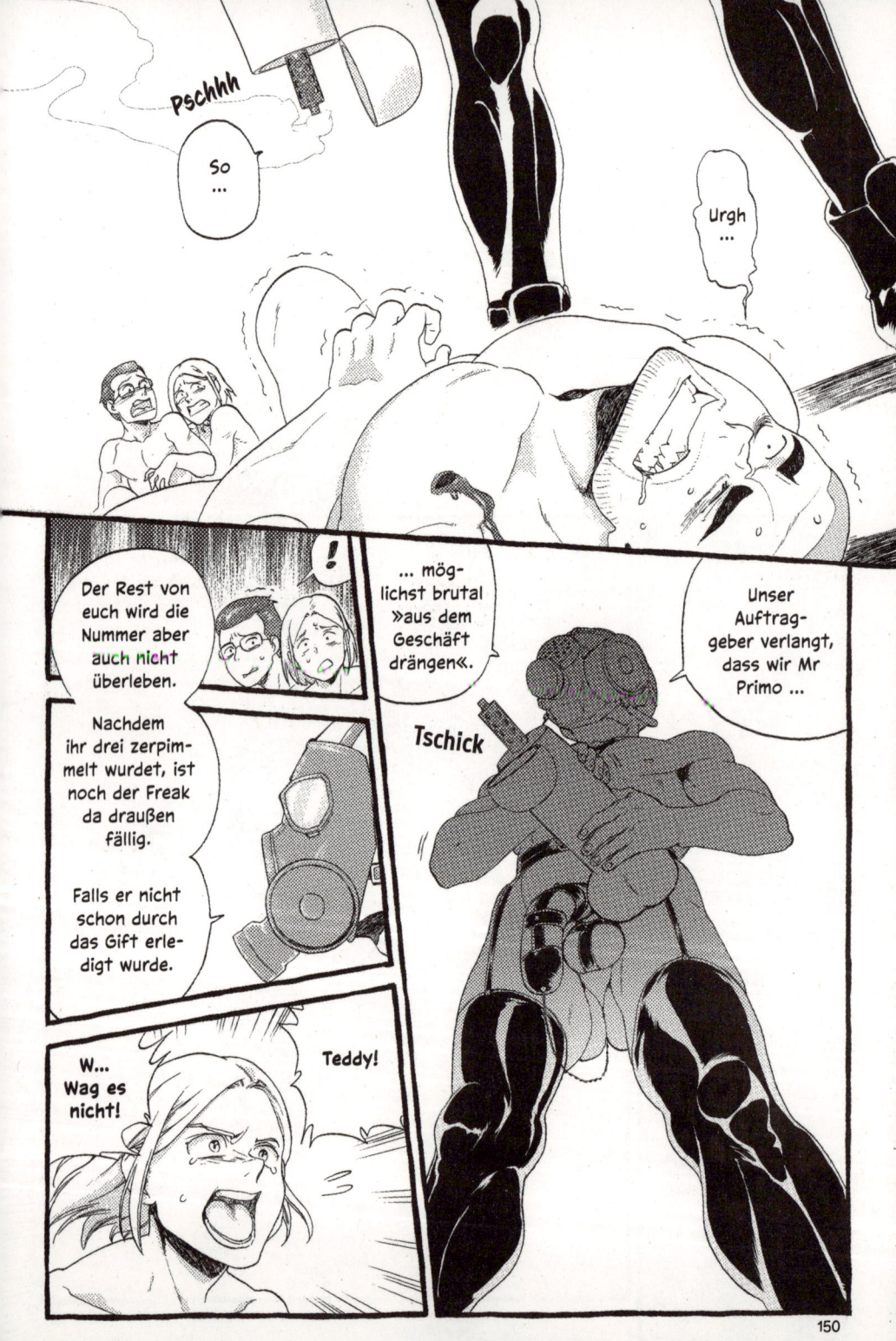

Pschhh

So
...

Urgh
...

Der Rest von euch wird die Nummer aber auch nicht überleben.

Nachdem ihr drei zerpimmelt wurdet, ist noch der Freak da draußen fällig.

Falls er nicht schon durch das Gift erledigt wurde.

!

... möglichst brutal »aus dem Geschäft drängen«.

Tschick

Unser Auftraggeber verlangt, dass wir Mr Primo ...

W...
Wag es nicht!

Teddy!

Eine Wa-
genladung
voll Geld.

Wir waren
aber Geheim-
agenten und Sex-
arbeiter. Müssten
wir dann nicht
zwei kriegen?

Ich stelle
Waschmittel
aus Katzen-
babys her.

Wie
sind Sie
denn so
reich ge-
worden?

Eines
würde ich
gerne noch
wissen.

... was wurde denn nun aus der Auftragskillerin?

Ach, sag mal ...

Bitte was?

Du meinst, nachdem ich sie gefickt und fast getötet hatte?

Na, ich hab sie laufen lassen.

Hm
...

Hopp

Wupp

Oder zum
Bumsen?

Wupp

Ach, damit
sie uns in der
bevorstehenden
apokalyptischen
Schlacht gegen
die rebellierenden
Engel als Verbün-
dete zur Seite
stehen kann?

Poff

...
beides!

Jetzt mache ich schon so viele Jahre Indie-Comics. Und *TeddyBoys Love* hat's nun also zu 'nem großen Verlag geschafft. Das ...

STORY-BOARD

LOOP-STATION

SYNTHE-SIZER

DROGEN

BONUS-SEITE VOM AUTOR HUGI

Das bin ich!

SCHNUFF-KESS!

Was ist denn das?

SCHLEICH-WERBUNG AUS-HUST!

LINKTREE: HUGIWUGI

HOFF! KOFF!

https://linktr.ee/Hugiwugi

@hugenschuett

@hugenshit

Sieht ja schlimm aus.

Ich hoffe, ihr hattet Spaß.

So sehen Teddy und Levaniel übrigens aus, wenn ich sie zeichne.

Ha ha, ja.

Gemein.

Zum Glück zeichnet Natalia den Manga.

Das, was ihr hier als einen zusammengefassten Band in der Hand haltet, hat mal als Indie-Comic im Selbstverlag angefangen. Damals habe ich Hugis Comic gelesen (der bei Delfinium Prints erschien), fand ihn urkomisch und wollte eine eigene Version davon zeichnen.

Das erste Heftchen, welches hier als Kapitel 1 und Bonuskapitel drin ist, haben Hugi und ich 2010 veröffentlicht. Das Haremkapitel erschien 2020 und das letzte Kapitel in diesem Band haben wir erst 2023 fertiggestellt. Das kann man sogar noch ein bisschen sehen, da der Zeichenstil nicht durchgehend einheitlich aussieht.

Mannerl, Hilfeee!

WTF

Seit dem ersten Heft ist so viel passiert ...

STEUER-ERKLÄRUNG SELBST-STÄNDIGKEIT

PURRR... PURRR...

ZZZZ...

... und Schlimmes.

Schönes ...

Die Arbeit für einen großen Verlag ist wirklich ungewohnt. Bisher habe ich nur 2009 was für einen kleineren Verlag gemacht und sonst nur Eigenproduktionen ...

Wenn das Buch schon ab 18 ist, sollte man doch alles ausreizen, was geht, oder? :) Jedenfalls bin ich genauso neugierig wie ihr, wie sich diese lustig-chaotische Geschichte weiterentwickelt und freue mich sehr, wenn ihr auch den nächsten Band lest!

September 2023   Natali Mila

Sei nicht so intolerant.

Das ... das geht doch gar nicht!

Nun Herr ... äh ... Teddy.

Sie sind schwanger. Glückwunsch.

Äh... Hugi ...

Das kommt ja im zweiten Band gar nicht vor!

Du bist gar nicht Teddy!

Doch, doch.

altraverse

Originalausgabe
Altraverse GmbH – Hamburg 2024

TEDDYBOYS LOVE 01

Redaktion: Anne Faltin
Herstellung: Michaela Müller
Lettering: Vibrant Publishing Studio

Druck: Nørhaven A/S, Viborg
Printed in Denmark

ISBN 978-3-7539-1499-2
1. Auflage 2024

www.altraverse.de